CB050244

Tarcísio Ferreira

EXU

borboleta
de·aruanda

Rio de Janeiro
2022

Texto e ilustrações © Tarcísio Ferreira, 2022
Direitos de publicação © Editora Aruanda, 2022

Direitos reservados e protegidos
pela lei 9.610/1998.

Todos os direitos desta edição reservados a
Borboleta de Aruanda
um selo da EDITORA ARUANDA EIRELI.

2ª reimpressão, 2025

Coordenação editorial Aline Martins
Preparação Editora Aruanda
Revisão Danilo Tavares Marinho da Silva
Design editorial Sem Serifa
Ilustrações Tarcísio Ferreira
Impressão Gráfica Speedgraf

Texto de acordo com as normas do Novo
Acordo Ortográfico da Língua Portuguesa
(Decreto Legislativo nº 54, de 1995)

Dados Internacionais de Catalogação na Publicação (CIP)
de acordo com ISBD
Bibliotecário Odilio Hilario Moreira Junior CRB-8/9949

F383e   Ferreira, Tarcísio.
           Exu / Tarcísio Ferreira ; ilustrado
        por Tarcísio Ferreira. - Rio de Janeiro,
        RJ: Borboleta de Aruanda, 2022.
           40 p. : il. ; 20,5 cm x 20,5 cm.

        ISBN 978-65-87707-13-6

           1. Literatura infantil. 2. Umbanda.
        3. Candomblé. 4. Conto africano. I. Título.
                                      CDD 028.5
        2022-3319   CDU 82-93

           Índice para catálogo sistemático:
              1. Literatura infantil   028.5
              2. Literatura infantil   82-93

[2025]
IMPRESSO NO BRASIL
https://editoraaruanda.com.br
contato@editoraaruanda.com.br

ARUANDA
editora

Para Michelly e meus pais,
que sempre abriram meus caminhos.

Exu é menino do mundo,
em lugar nenhum se estabeleceu.
Não tinha riquezas nem casa,
nem um rio para chamar de seu.

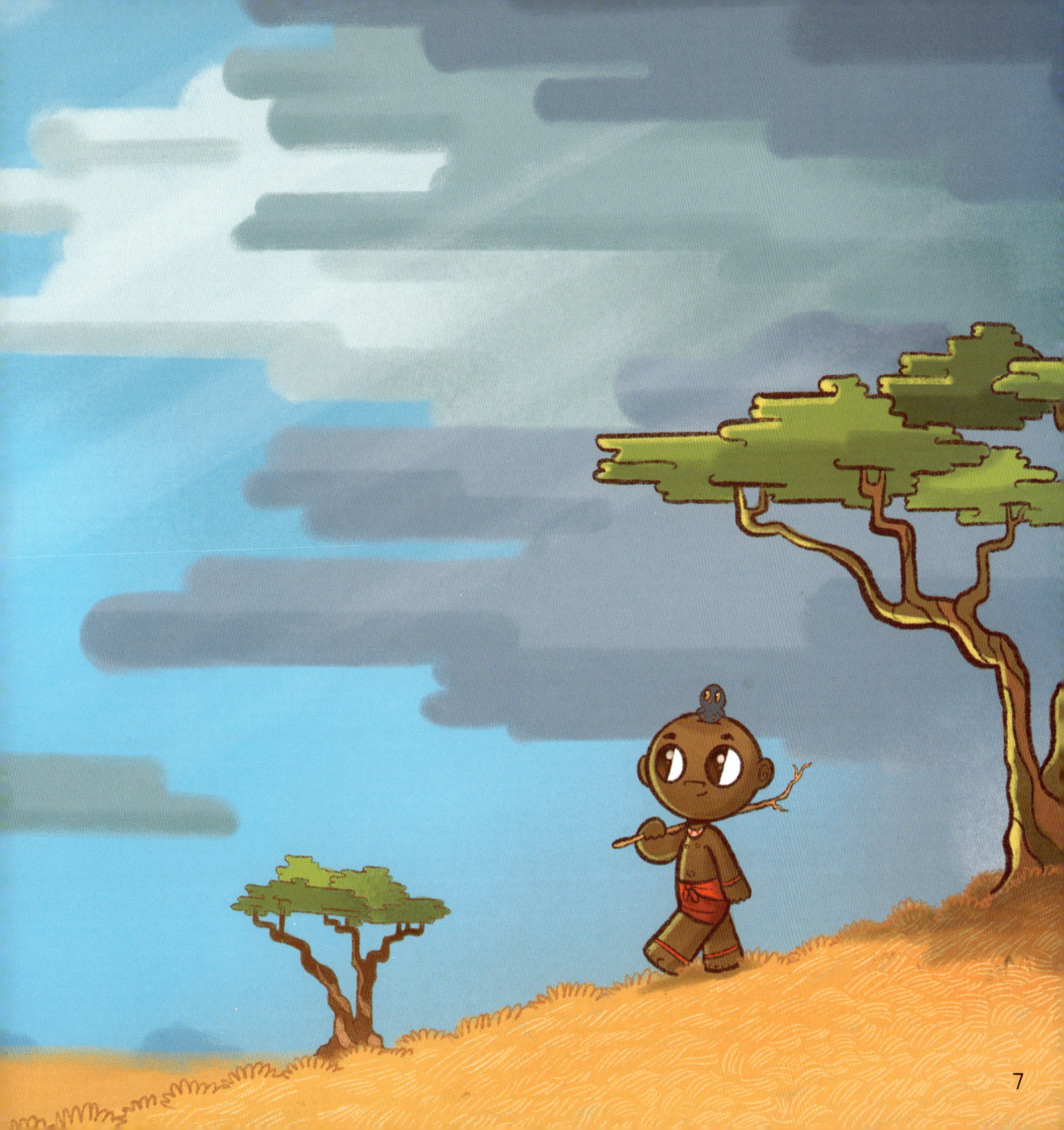

8

Pelo mundo passeia
junto com Lalú,
sua fiel companheira.

Ia de florestas densas a dunas de areia,
de grandes vilas a pequenas aldeias.

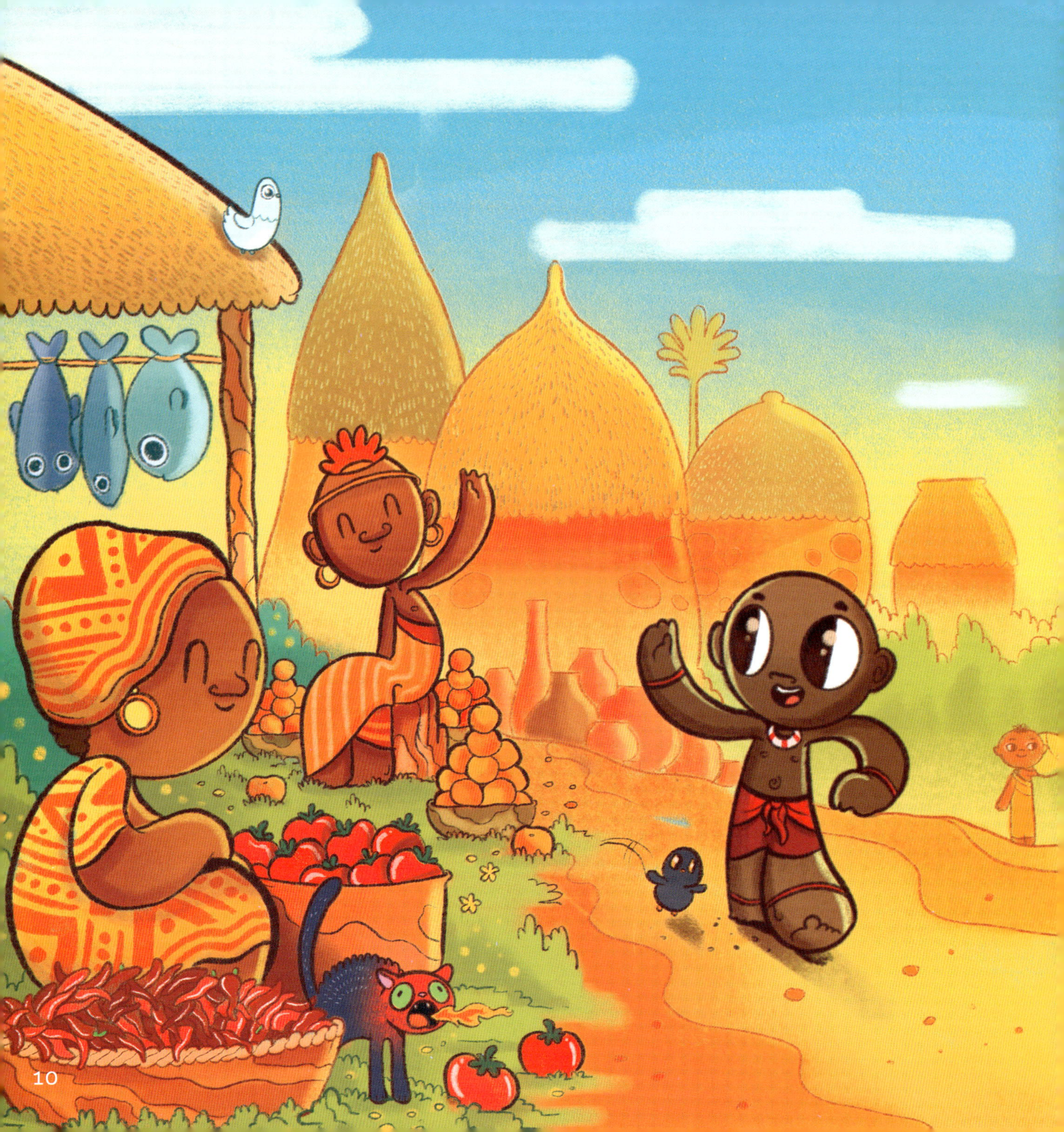

Sempre que Exu chegava,
mostrava toda a sua simpatia.
Era como um amigo que ali estava
e, com um sorriso, o povo retribuía.

Dos aldeões, escutava histórias e problemas.
Ouvia tudo atentamente.

Em troca, sempre recebia um presente...

... um jarro de fufu, delicioso e bem quente.

No fim da tarde, Exu e Lalú se recolhiam,
pensando nas histórias que ouviam.

Observava a paisagem admirado.
Mesmo com tantas andanças pelo mundo,
seus olhos não haviam se acostumado
às belezas que os orixás haviam criado.

Um cochilo merecido depois de muita comida.

Mas uma visita inesperada não passou despercebida.

E a pobre pomba por Lalú foi perseguida.

Atrás de Lalú, em uma névoa Exu entrou.

Cerração densa e embaçada...

... a um palmo, não se via nada!

Até que, de repente, a neblina se dissipou.

Um novo mundo à sua frente surgiu.
Exu estava maravilhado!
Será que era tudo de verdade
ou ele havia apenas sonhado?

17

Seguindo uma imensa fila central, entre as nuvens, uma bela casa se escondia.

Montanha acima, degrau a degrau, bem no final da grande escadaria.

Curioso, Exu observava escondido.
Quem é esse velhinho sentado?
O que está esculpindo?

21

Exu ficou tão distraído que, atrás de si, não o havia percebido.

E, com uma saudação, foi surpreendido:

"Laroyê"

"Seja bem-vindo, Exu! Estava esperando por você!"

24

O coração bateu forte!
Era quem estava imaginando?
O que fez para ter tanta sorte?
Pelos jardins, foram conversando.

Exu, com olhos marejados, logo entendeu.
Suas suspeitas tinham se confirmado.
Era ele! Oxalá estava ao seu lado!

As histórias de Exu,
Oxalá atentamente ouvia.
Se emocionava, dava risada...
Como um menino tão novo,
a humanidade tanto conhecia?

O menino foi ficando...

... aprendendo...

... observando...

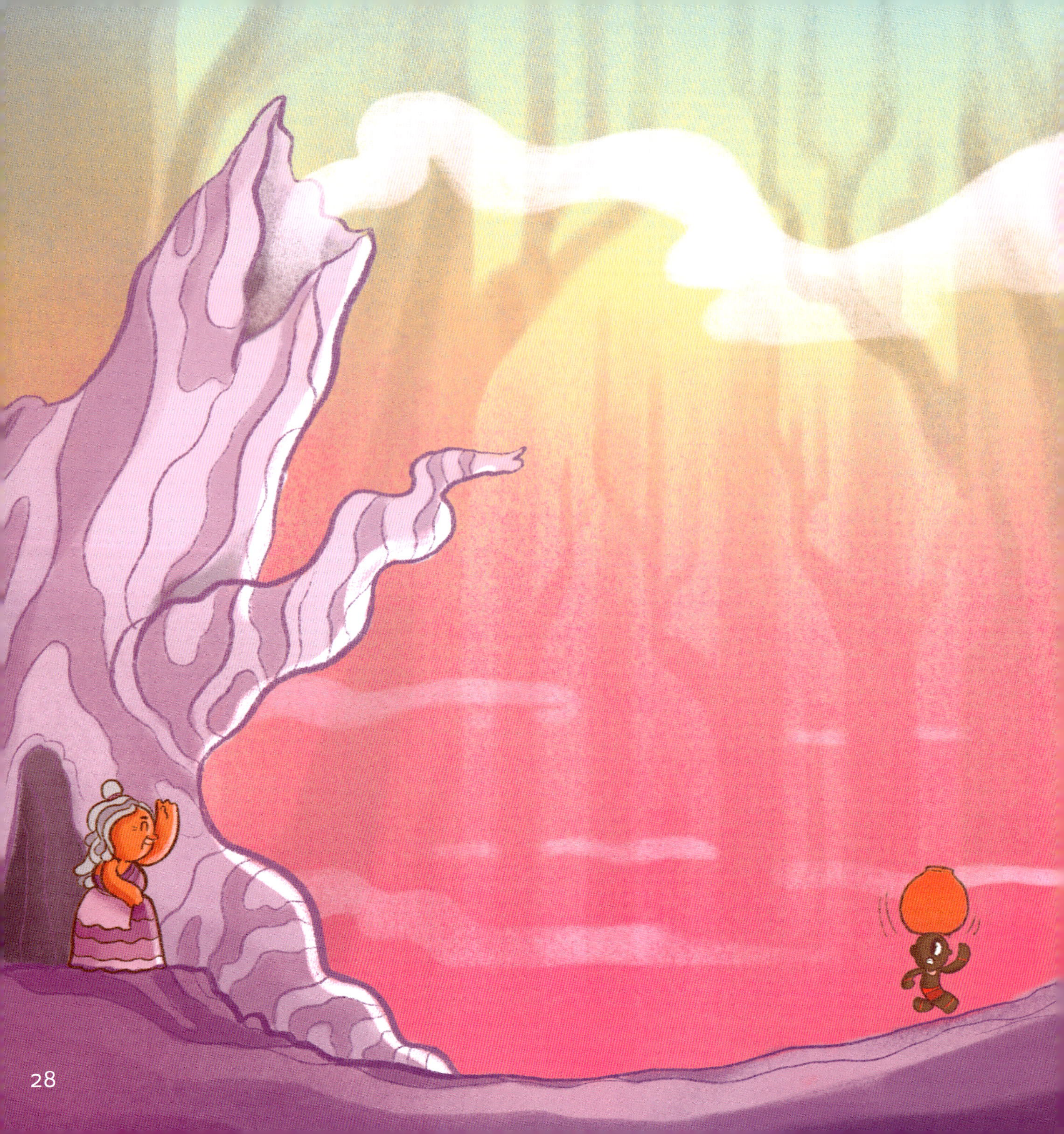

Até que o ajudante foi promovido.
Missão mais importante não havia:
o barro com Nanã, recolhia
para o molde de cada homem e mulher
que das mãos de Oxalá surgiria.

Dias, semanas, meses, anos...
Ali, Exu cresceu.
Prestando atenção a tudo,
o segredo da humanidade,
Exu aprendeu.

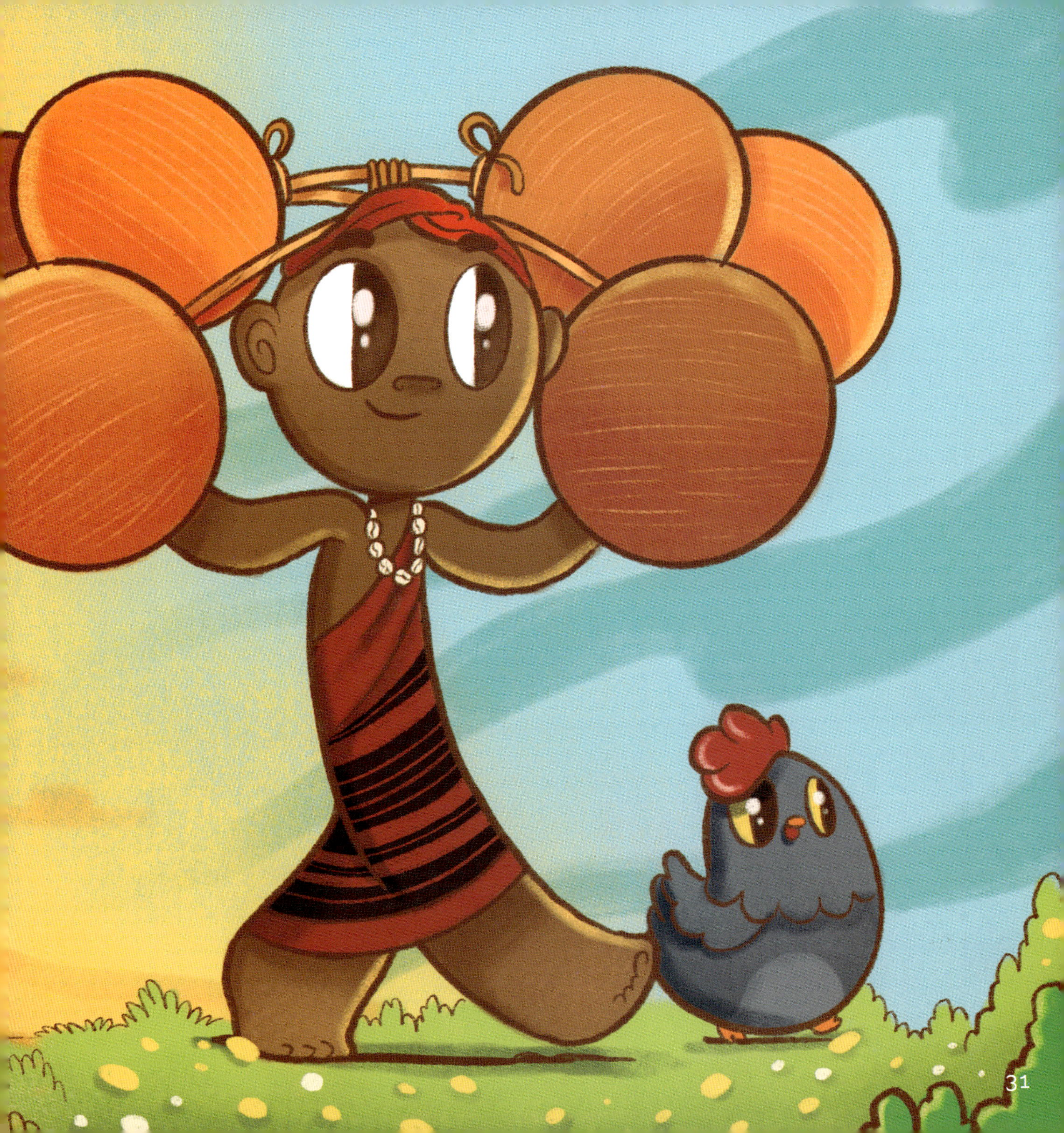

De orgulho, Oxalá não se cabia.
Exu, enfim, estava preparado
para o novo trabalho na encruzilhada,
e um ogó de presente lhe foi dado.

Oxalá dizia a todos:
"Das oferendas,
Exu agora cuidava,
e, sem lhe oferecer,
ninguém passava!"

Chegou o momento da despedida.
Saudades de apertar o coração.
Exu voltaria para o mundo,
agora com uma missão.

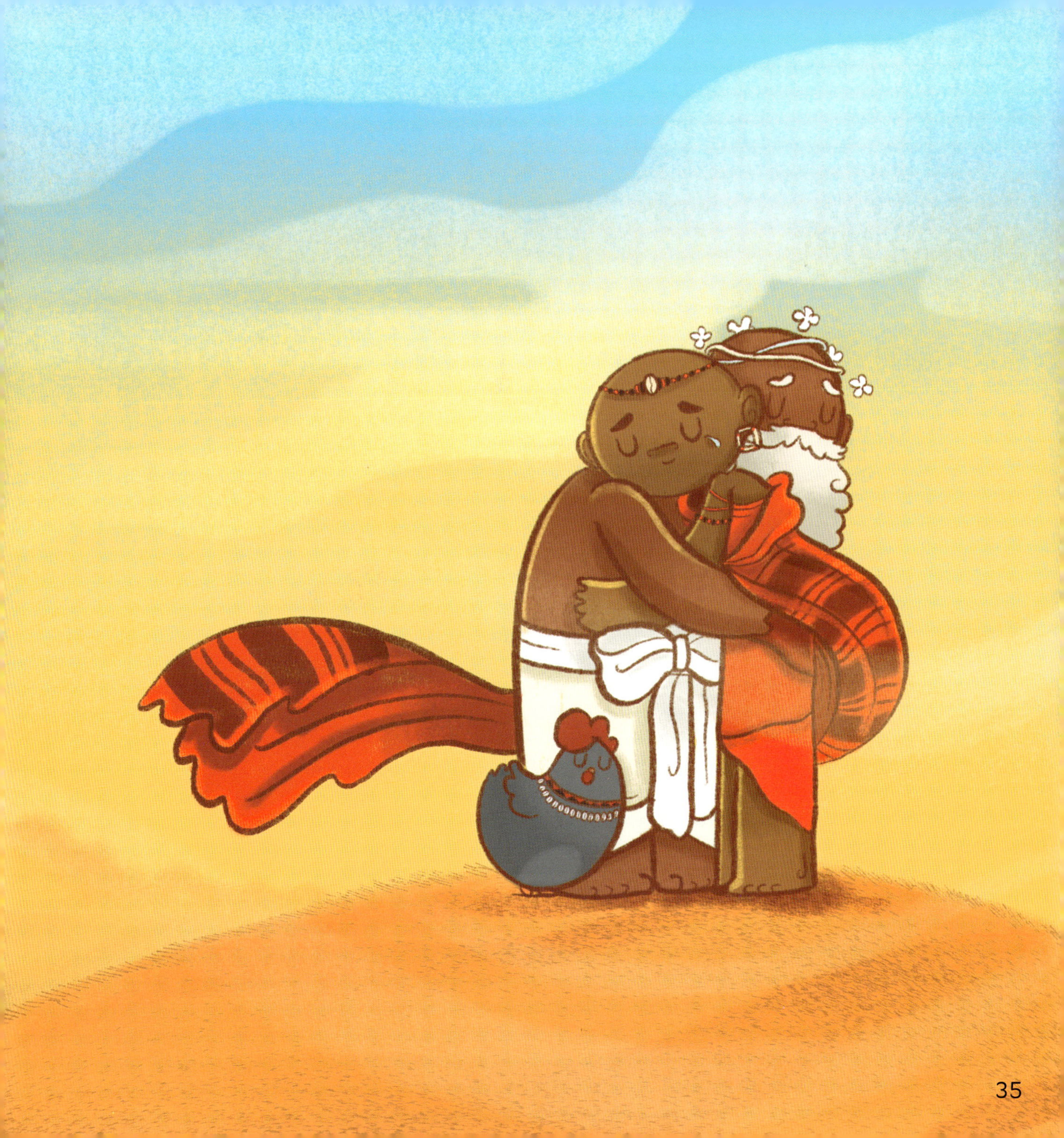

Todo caminho
tem uma encruzilhada.
Nela, chame pelo mensageiro,
pois lá está sua morada.

Só não se esqueça:
Exu come primeiro!

Em momentos difíceis,
apenas deixe seu ebó.

Para qualquer obstáculo,
com Exu, nunca se anda só.

Fim

Tarcísio Ferreira é ilustrador há vinte anos. Formado em Design Gráfico pela UniverCidade, também passou pela Faculdade de Belas Artes da UFRJ. É autor do livro *Lua & Sol* (edição independente, 2021) e já ilustrou diversas obras infantis, tais como *A Viagem de Porquito Gruh* (Estante Volante, 2022) e *Rock and Colors* (no prelo). Seus trabalhos autorais estão expostos em @tferreira_illustra.

borboleta
de·aruanda